髪刈る椅子

吉田哲二句集
Yoshida Tetsuji

ふらんす堂

序

『髪刈る椅子』は、吉田哲二さんの第一句集である。

哲二さんが「阿吽」に入会したのは平成二十六年四月、哲二さん三十三歳の時である。そもそも哲二さんと「阿吽」との出会いは一本の電話から始まった。「『阿吽』に入会したいのですが、見本誌を送って頂けませんか」との電話。早速送付することとし「俳句の勉強をするには、句会へ出席するのが一番の早道ですよ」と、哲二さんの住まいに近い「新宿句会」への出席を誘ったのであった。すると哲二さんは「子供が居るので句会への出席はちょっと」と躊躇する様子だったので「お子さんを連れて出席されてはどうですか」とさらに誘った結果、当時二歳だった長子正助君を連れての出席となったのである。

斯くして哲二さんの俳句修業は始まったのであった。

こはごはとよその子叱る良寛忌
里の子の膝まで入りし春の川
ためらひもなき子の靴よ春の泥
眠る子や蒲公英の絮つけしまま
柿若葉子は知らぬ間に丈伸びぬ
父の手に負へぬ夜泣きや夏の月
子の肩のてんたう虫をまだ告げず
遠出して父と子いよよしぐれけり
冬籠子にちゃんばらを挑まるる
節分や豆分け合へる鬼と子と

これらの句は初期の頃の作品である。「誰かに誘われたわけでも、促されたわけでもなく、俳句を始めてみると俳句は自分の体質に合っていると感じた」という哲二さん。

一句目の「良寛忌」の句など、とても初心者の句とは思えぬほどの見事な一句である。

一昔前ならいざ知らず、現今ではよその子を叱ってくれるような奇特な大人などいない。それを敢えて「こはごはと」よその子を叱る作者。良寛は江戸後期の禅僧にして歌人で越後の人。忌日は陰暦正月六日である。同じ越後出身の作者にも、良寛のような人柄にどこか通じるものがあるのであろう。

二句目の「春の川」の句は実景であると共に、少年の頃の自分の姿をそこに見ているのである。

四句目の「眠る子」からは、子供の豊かな遊びの世界が見えてくる。

六句目の「夏の月」の句は、夜泣きの子に梃摺っている若き父親像が髣髴とする、ドラマの一シーンを見るような佳句である。

九句目の「冬籠」の句は、炬燵で読書か書き物をしている作者に、いきなりちゃんばらを挑んでくる活発な子供の光景が活写されていて、微笑ましい一句である。

このように毎号毎号瑞々しい句を発表して、次第に頭角を現し始めた哲二さん。何よりも生き生きとした子供の生命感を、抒情豊かにピントの合った鮮明な画像で捉えていることに驚く。かくして「阿吽」入会後僅か三年目にして第二十九回阿吽新人賞を受賞し、同人に推挙されたのである。

夏雲や佐渡へと続く水脈幾つ
雲の峰聳ゆるままに暮れゆけり
産声のひときは高し実南天
子放てばたちまち駆けて飛花落花
青芝に髪刈る椅子を据ゑにけり
鬨の声もて始まりし水あそび
万緑に薪割る音の冴かな
稿削り書きては削り夜半の秋
子の大き手を褒めらるる酉の市
父よりも上手くなるなよ喧嘩独楽

同人に進んでからの哲二さんの句は、いよいよ句境深まり秀句が並ぶ。
三句目の「実南天」の句は、次男昂平君の誕生を祝っての句である。元気な産声に縁起の良い赤い南天の実。誕生した我が子へ贈る父親からの祝福の一句である。

四句目の「飛花落花」の句は、この句の誕生の現場に居合わせた者として、特に思い出深い一句である。

私共の「阿吽」では、春と秋に吟行句会を行っているが、掲句は「春の隅田公園吟行句会」での収穫句である。

この日哲二さんは五歳の長男正助君と、次男の一歳半の昂平君を連れての参加であった。墨堤一帯の満開の桜の中へ放たれた二人の子供。桜の舞い散る中を、花びらと駆けっこでもするように駆け回る元気のよい子供。まこと春の喜びに満ちた躍動感横溢の佳句である。

七句目の「万緑」の句は、仕事に子育てにと、三十代の作者の生気漲る頼もしい一句である。

八句目の「稿削り」の句は、「俳人たる者俳句がうまければそれで良い、というものではない。文章も書けてこその俳人ではなかろうか」と考えた私が、多忙な哲二さんに敢えて「阿吽」誌上に毎月「句集紹介」の欄を担当して貰うようになったことに対しての、悲鳴のような句だと思っている。

十句目の「喧嘩独楽」の句は、小学一年生の長男正助君への愛情溢れる一句である。「上手くなるなよ」とは反語で、父を乗り越えて「上手くなれよ」と言っているのである。

　哲二さんの句を最初から見て来て感じるのは、石田波郷の「俳句は生活の裡に満目季節をのぞみ、蕭々又朗々たる打坐即刻のうた也」という言葉である。哲二さん自身の生活者としての確かな視点に立ち、日常の暮らしの中に訪れる季節を掬い取って一句に詠みとめているのである。

　ようやく句境の定まった哲二さんは阿吽新人賞より三年目、「阿吽」入会より六年目にして、結社賞である第三十二回阿吽賞受賞となり、いよいよ「阿吽」の中堅作家として「晴雲集」欄へ進むことになったのである。

　　ホイル剝ぎ食べるおにぎり夏怒濤
　　風鈴の揺れて山並揺らしけり
　　ナイターの終の一灯消されけり
　　全身に餅の湯気浴び搗きにけり
　　突くたびに毬に貼り付く落花かな

稜線を四囲に巡らせ大植田
飛び込みの音つぎつぎに山谺
革手袋嵌めつつをとこ来りけり

「晴雲集」へ進んでからの哲二さんの句の一部であるが、中でも「風鈴」の句は、山からの風に煽られている風鈴が、まるで山並を揺らしているようだという句である。遠景の山並と、近景の風鈴との取り合わせが、まことに巧みな佳句である。

令和二年に結社賞である阿吽賞を受賞してからの哲二さんは、結社内に留まらず、大きく俳壇へ羽撃こうとしていた。その努力の成果が令和三年に受賞した、若き俳人の俳壇への登竜門である第九回星野立子新人賞の受賞という快挙である。

次に受賞作品五十句の「鍔焦がす」の中より十五句を抜くこととする。

椿落ちて疏水は流れ速めけり
花種を蒔く種の色みなひといろ
土舐むるやうに草食む孕鹿
蝶を追ふ蝶ひるがへり午も過ぎ

土筆捨て少年やがて歩み出す
トランペット高鳴る丘へ夏野延ぶ
笹百合の己が花粉に汚れけり
陽へ挑みては夏帽の鍔焦がす
親子して腕に這はす甲虫
続けては負けてやらざる草相撲
音すこし風に遅れて秋風鈴
子の服のポケット小さし実南天
おんぶ紐弛めて灯火親しめり
違ふ子がきてまた落葉積まれけり
煽られてまた弧を海へ冬鷗

星野立子新人賞の受賞は、伸び盛りの哲二さんに、俳人として立って行く上で、大きな力と自信を与えてくれたことは想像に難くない。

哲二さんの句は平明だが、決して平板でも単純でもない。対象を哲二さん独自の感性で柔らかく鮮明に描いていて、余韻が残る句なのである。

又二人の子供を授かった父親としての自覚や喜びが、作品の通奏低音となっているのも大きな特徴である。

現在哲二さんの俳句への意欲を掻き立ててくれているものに、俳人協会の五十歳未満の会員を対象とした「若手部」と「若手句会」の存在がある。

又、この二つに加えて超結社句会へも積極的に参加しているというから、有り体に言えば、他流試合の成果も大いに作句に良い影響を与えているのではなかろうか。

この春、長男正助君は小学五年生に、次男昂平君は小学一年生になった。今やこの二人の子息と俳句は、哲二さんに取って生きる喜びの根源になっているのだ。

句集『髪刈る椅子』一巻は、我が子の成長を俳句というフレームで切り取った、写真では表現出来ぬ十七音のアルバムでもあると私は思うのである。

令和五年五月

塩川京子

髪刈る椅子／目次

句集

髪刈る椅子

阿吽叢書第73篇

第一章

まだ告げず

春立つや汽笛満ちゆく小運河

こはごはとよその子叱る良寛忌

補助輪の子の残雪を見つけ来し

妻ひとり歌口遊む紙雛

里の子の膝まで入りし春の川

球拾ひグラブ置きては土筆摘む

ためらひもなき子の靴よ春の泥

春の風邪妻頑なに肯んぜず

眠る子や蒲公英の絮つけしまま

人去りてやがて散る鯉春の昼

メーデーや談笑の列ゆるゆると
柿若葉子は知らぬ間に丈伸びぬ

さみどりに遠嶺を映す植田かな

生臭き橋渡りけり夏の宵

父の手に負へぬ夜泣きや夏の月

子の肩のてんたう虫をまだ告げず

くるぶしに跡残りたる円座かな

常よりも甘えて来たる寝冷の子

ざりがにの動くまで子の動かざる

土用鰻食ひたることを妻に告げず

老母の凌霄を掃く背中かな

ばつた追ふ一跳びごとにしやがみ込み

稲妻に彫り浅き子の寝顔かな

川だけは変はらぬ古地図荻の声

粧へる山粧へる老姉妹

大南瓜ときに家族の疎ましく

投函の後ひとしほの夜長かな

老いのものとぞ思ひしに菊膾

遠出して父と子いよよしぐれけり

冬空や日本の裏といふ故郷

何ややや行列続く十二月

年始受く留守任されし妻の家

譲りたる席遠慮され悴めり

冬籠子にちゃんばらを挑まるる

年来の手柄話を老猟師

湯気上げてラガーの肩の怒りをり

節分や豆分け合へる鬼と子と

揃ひたる家族の夕餉日脚伸ぶ

第二章

産声

大橋といふ名の小橋春浅し

小さき手に小さき指紋や草萌えぬ

手で封を切りたる手紙梅真白

継ぎ足して延びたる席や梅見茶屋

叱り過ぎを子に謝れず春寒し

馳走するもの他になく春炬燵

踵よく踏まれたる日や四月馬鹿

ブーケもらひ帰りし妻や春霞

背も少し伸びたる心地春の服

野遊びの毬どこまでも転びけり

レジ係いまだ戻らず春夕べ

春燈の淡し子の影なほ淡し

宝石を選るやうにして苺買ふ

菖蒲湯や兄弟同じ眉をして

覗き込む子に出目金の翻る

夏雲や佐渡へと続く水脈幾つ

抱くやうにして運びたる早苗籠

丈低き草に遊べる梅雨の蝶

貸ボート独り乗りたる軽さかな

日課とふほどにはあらず夕端居

尾根渡る夏雲の影また一つ

あやすほど子のぐづりゆく溽暑かな

滝見茶屋柱の裏の濡れにけり

夏蓬群れては人を近づけず

雲の峰聳ゆるままに暮れゆけり

吾子の背の産毛の渦や涼新た

熔接の短き火花秋暑し

爽やかや子は腕をよく振り走る

終点に着きとんぼうに囲まるる

産声のひときは高し実南天

新走り飲み干す肘の高さかな

畑のもの並べて村の文化祭

無造作に置かるる資材冬来る

飛ぶやうな速さで落つる冬の蜂

刈り揃ふままに芝生の枯れにけり

太箸にフォークを添へて子の御膳

日向ぼこ子はいろいろな匂ひして
抱き上げて子の冷たさを吾に移す

第三章

髪刈る椅子

立春大吉子は福耳の家系継ぐ

春月や子の肋骨のやはらかし

干鰈黙もて妻とむしりあふ

春耕やめいめい違ふものかぶり

初雷や瓶に胡椒のかたよりて

長広舌切りたき窓に初蝶来

痙攣のやまぬまなぶた春霞

永き日やマネキンの足やや浮きて

ひと休み多き守衛や蝶の昼

苗札や書き損じしを裏側に

クローバー摘みつつ内緒話すこし
とぎ汁の指を零れて花の冷え

掌中の子のてのひらや花の昼

子放てばたちまち駆けて飛花落花

壁紙を替へたき日なり弥生尽

食ひ込みし手斧に匂ふ新樹かな

幾たびも手に移しやる雨蛙

泥水で泥洗ひたる早苗籠

青芝に髪刈る椅子を据ゑにけり

目も鼻も毛も黒き犬梅雨ながき

ひきがへる妻に無言を通しけり

鬨の声もて始まりし水あそび

万緑に薪割る音の冴かな

夏座布団あるだけ並べ客待てり

抱き飽きて転がしておく竹婦人

裸子を肩車してゆく裸

闇に田のにほひや弥彦灯籠祭

熱帯夜子の菓子食うて物足らず

飲み余す瓶のコーラや夏の果

秋暑しペンキに残る刷毛の跡

兄弟の歯型の違ふ西瓜かな

新涼やをさなの尻の穴丸し

埋草となすものを書く夜長かな

稿削り書きては削り夜半の秋

団長の長き鉢巻秋高し

妻の手にくるくる剝かれゆく秋果

白き襟固く合はせて秋遍路

小さき嘘覚え初めたる冬林檎

子は我と違ふ故郷山眠る

山茶花や旧町名を数へては

風邪心地小鍋に粥を焦がしけり

首出ねば歩めぬ鳩よ凍曇

重ね着の増えしポケット使ひ余す
まだ渡るもの一つなき初御空

御降りや故郷の土のくろぐろと

正論の老人なだめ鮟鱇鍋

第四章

大き手

淡雪やくるりぱたんと紙相撲

手品師の取り出す小箱春きざす

春の野へトランポリンを担ぎゆく

不自由な人語で春の猫宥む

土筆摘むだけのつもりの一日かな

独り占めしてより暗し春灯

春の風邪持て余したる母子手帳

カタカナの花の名長し苗木市

春眠のまぶたに忙しき血潮

農具にも榊をあげて春祭

購ひて飲みたる水よ昭和の日

全集に漏れし小品李散る

風に歌あらば聞かせよ若柳

巡礼の薊をよけて座りけり

体重をペダルに集め山若葉

遺伝とふ恐ろしきもの夏帽子

子の手ごとオールを摑むボートかな

あぢさゐや使ひこなせぬ二枚舌

無邪気さは残酷さとも蟻地獄

足入れて自由を纏ふ半ズボン

人間につかず離れず鴨涼し

帆の形を一斉に変へヨット過ぐ

叱られし子の母衣蚊帳に籠城す

登山帽梢にかけて顔洗ふ

顳顬を寄せ覗きあふ箱眼鏡

心臓を指しここ撃てと水鉄砲

けばけばしき箸袋なり大暑来る

ひと投げをしてより黐る青林檎

慕はるる兄に疲れや合歓の花

灯を消して音なく止まる走馬灯

鰻屋にかじるぬか漬涼新た

虫籠の目に風ばかり通ひけり

転校の子らも加へて地蔵盆

さはやかに豆腐の角の揃ひけり

いさかひの種の些末やおけら鳴く

初鴨のまだ陣といふほどもなく

子に手相みてもらひゐる夜長かな

気安きは父てふ稼業木の実落つ

残業に干柿ひとつ分け合へる

バス停の灯にもたれたる夜学生

新米の置かれし土間の静かなり

手拭ひを一つ被りて村芝居

鉄鋲の揃ふ大橋雁渡る

新しき画布に鋲打つ冬はじめ

亀の上込み合ふ亀や小六月

子の大き手を褒めらるる酉の市

ドアノブに顔映りたる十二月

新宿に集ふ電車や年つまる

父よりも上手くなるなよ喧嘩独楽

膝折りて親子で交はす御慶かな

洲へ跳べる少しの助走川涸るる

着ぶくれてまだ腹の虫をさまらず

夜咄の出がらしをまた注ぎ足しぬ

外光を取り込む駅舎冬の蝶

第五章

いちまいの青

あみだくじのやうなる手相春障子

検診のスリッパ小さし寒戻る

梅見たる子のその頰を見てゐたる

近影をまた撮り直す遅日かな

遅き日の手摺に丸みありにけり

犬の眼に白目のすこし蝶生る

アトリエに残る丸椅子鳥交る

弁財天までの小径や花辛夷

てのひらにまづ遊ばせて桜餅

蒿苣嚙みて口中に水溢れさす

捨てられず壺焼の壺持ち歩く

てふてふの座の定まらぬ夕まぐれ

石拾ふやうに子猫を拾ひけり

馬の仔の風聞く耳の忙しなき

愚図る子の声のざらつく霾ぐもり

弟は素直に甘え梨の花

つつきたる指蜘蛛の囲に囚はるる

薔薇散つて雨含みたるまま掃かる

伸び縮みして焼かれゆく毛虫かな

昼顔の巻きつき初むる二三周

水筒のからんころんと夏野ゆく

レントゲン撮られし後の団扇かな

木の桶に突つこむホース百日紅

冷蔵庫開けられてメモ靡くなり

ホイル剝ぎ食べるおにぎり夏怒濤

親不知抜きたる跡に水飯が

風鈴の揺れて山並揺らしけり

炎昼の少年虎視を持て余す

ナイターの終の一灯消されけり

夏逝くや最後の薪を投げ入れて

木槿垣よりカレーの香よくにほふ

ほほづきや項の角度美しく

はたはたのきつちりと脚畳みたる

きぬかつぎ我が指存外可愛らし

秋晴や似合ひ過ぎたる伊達眼鏡

障子貼り書斎の光入れ替ふる

秋の蠅白きにばかりとまりけり

十月や何もせぬとも伸ぶる髭

藤の実のことごとく垂れ揺れもせず

猫背どち夜業の窓に映りけり

海近き雑居ビル街菊残る

漫画誌の紙の粗さよ冬に入る

常連とならぬ気安さ帰り花

大銀杏落葉の中に聳えけり

手短に妻と話して冬の朝

短日や軋みしままの蝶番

足裏の皺を数へて日短か

表のみ飾り混み合ふ聖樹かな

炎見て定まる心十二月

極月の吊革ぎしと鳴りあへる

全身に餅の湯気浴び搗きにけり

いちまいの青となりたる初御空

育児書にあまたの付箋湯気立てて

兄であることに子は泣き蒲団干す

冬銀河コップの酒の冷めきつて

石膏像の乳房の硬し冬の雷

水鳥の水尾しばらくは従ひぬ

風花や駱駝は睫毛なびかせて

第六章

父子寧し

浅春や触るれば堅き幹の肌

大鍋に漬けたる豆や春きざす

質の文字染め抜く暖簾梅の頃

ちりとりへ春光ばかり集めけり

さへづりのなか乾きゆく雨後の木々
がらくたを少し片寄せ檻しまふ

春陰の側溝を水駆くるなり

ビール瓶の肩に集まる春日かな

ソファへ尻埋めて春の霰聴く

はうれん草噛みつつ小言申しけり

鬼瓦の真下に巣あり燕来る

丹田を湯に沈ます彼岸過

同じ風に揺れて双葉の相寄らず

隙間なく並ぶコンテナ鳥交る

大いなる山河ゆくべし蜷の道

雨去つてより雨の香や菊若葉

春雨や遅々とすすまぬ稿白し

青き踏む地の底の水思ひつつ

しまひには濡らしてしまふ春渚

鳥集ふ水牛の背や日の永き

子の荷ばかり載する自転車花疲れ

突くたびに毬に貼り付く落花かな

旧道の草の明るし遅桜

花虻のひろき花弁に寛げる

使ひ慣れぬ実家の箸や若葉過ぐ

稜線を四囲に巡らせ大植田

ロングシュート外れ蛇苺にとまる
投げ捨ててまた草笛を摘みてゆく

入梅や翔つときは鳩一斉に

十薬や傘さして傘買ひに行く

絡まりしまま乾びゆく蚯蚓かな

飽きられて荷ばかりが載るハンモック

丸き鉢に丸く群れたる目高かな

立ち飲み屋の椅子の不揃ひ夏の蝶

飛び込みの音つぎつぎに山牙

夏菊の伸びゆく茎の堅さかな

壁打ちの少年無言夏旺ん

橋尽きて話尽くなり翌は秋

朝顔の蔓一杭を溢れけり

杖の人を追ひ抜く杖や稲の花

鳴くものをごつたに虫籠の中へ

畦道は休田に果つ野紺菊

蟋蟀の振り向きしときやみにけり

先駆けて戻る一羽や稲雀

子の箸のよく動きけり豊の秋

身ぐるみを剥がされてゐる案山子かな

子の靴にときどき抜かれ秋の苑

白髪を美しと子は言ふ夕花野

毒茸にもつとも人の集まれる

おほかたは無駄話して菌狩

箸触れぬ前より揺るる新豆腐

岡持ちの次々と来る秋祭

小春日へ溜まる修学旅行生

冬の蚊に驚いてゐる腕かな

絨緞に足裏の音を吸はせけり

いつもとは違ふ家路も落葉かな

水洟を拭ひつけては父子寧し

数へ日や徳利の尻こつと鳴り

仕舞湯の渦なして落つ大晦日

女正月顎疲れては喋りやむ

革手袋嵌めつつをとこ来りけり

蜜柑むく前に話を切り出せり

名残惜しくてなで回す雪だるま

雪玉を抱へ来あらかた落しつつ

幼子の寝癖めきたる冬芽かな

夜焚火の背中のことを忘れたる

第七章

鍔焦がす

椿落ちて疏水は流れ速めけり

花種を蒔く種の色みなひといろ

土舐むるやうに草食む孕鹿

刃に目玉映し比べて農具市

蝶を追ふ蝶ひるがへり午も過ぎ

土筆捨て少年やがて歩み出す

とりどりにボールの跳ねて春野なる

朧夜や桜色なる犬の舌

春休み空にも都合ありにけり

一升瓶の風に倒れて花曇

トランペット高鳴る丘へ夏野延ぶ

出稽古の背に砂をつけ街薄暑

亀の子の足泳ぐとも跪くとも
滝見ゆる場所をみつけてより憩ふ

州の草の茂りて水に靡きけり

舌先の遊ばれてゐるさくらんぼ

白玉や刈り上げにある盆の窪

笹百合の己が花粉に汚れけり

夏雲の見る間に機影呑み込める

三世代生くる高さに立葵

陽へ挑みては夏帽の鍔焦がす

親子して腕に這はす甲虫

短夜の心音を子に聞かれゐる

炎暑背に石工は文字刻みけり

鳴くことは働くことよ油蟬

夜濯の香のどこからか帰路迷ふ

続けては負けてやらざる草相撲

音すこし風に遅れて秋風鈴

がちやがちやと弛ぶドアノブ野分過ぐ

また次の薪を火が抱き星月夜

ときどきは揺れてもみせて鶏頭花

長き夜や人差指で選るナッツ

略されし漫画の耳や秋黴雨

子の服のポケット小さし実南天

おんぶ紐弛めて灯火親しめり

睫毛濃し虫の中なる子の寝息

波郷忌や遺影の髪の豊かなる

大根を仇のやうに洗ひけり

日だまりをあちこちに置き小六月

違ふ子がきてまた落葉積まれけり

知らん顔して目覚めたる浮寝鳥

湯婆の蹴ればたぷんと応へけり

二つ三つ咳出て腕組をほどく

咳生まれ来る病棟の壁の闇

銭落として人目を集めたる師走

肩で押し開くる鉄扉や冬薔薇

切り過ぎし前髪に泣く寒夜かな

煽られてまた弧を海へ冬鷗

基地の中まで寒林のひと続き

虎落笛泣きたるやうに父の肩

奥付に手垢のすこし雪霏霏と

棈の丈折り揃へては息白し

てのひらへ染み入るやうに粉雪は
雪壁の果てに雪あり汚れをり

あとがき

長子が生まれてほどなくして俳句を始めたので、収録句は自然と子の句が多くなった。そこで、句集名は集中の〈青芝に髪刈る椅子を据ゑにけり〉から採った。最近では子を詠むことがやや減ったので、今回は俳句を始めてからのこの十年を振り返るいい機会となった。ずいぶん自画像的な句集になったと思う。本作には、「阿吽」に入会して俳句を始めた平成二十六年から令和四年までの句を収めている。

さて、世の中の第一句集のあとがきを見ると、たいていは師や家族、周囲への感謝に終始している。なんだか紋切り型でつまらないなとずっと思っていたのだが、いざ自身があとがきを書く段になって、気づけば自身も感謝の言葉しかでてこないことに驚いている。

以下、これまでお世話になった皆様へ、私自身の素直な気持ちを申し上げたい。

まずは所属結社「阿吽」の皆様。特に日頃より慈母のようにあたたかくも厳しくご指導くださる塩川京子先生、心より感謝申し上げます。先生のご指導なしに私という俳人が生れることはありませんでした。「阿吽」は私にとってもっとも大切な家です。この度もあたたかい序文を賜り、ありがとうございました。改めて師恩の高遠さというものを思います。

そして、俳人協会の若手句会でいつもご指導くださる理事の先生方と句友の皆様、事務局の皆様、私を俳句の多様な世界へ導いてくださり、ありがとうございます。更に、俳人協会若手部をはじめ、その他いくつもの超結社句会でご一緒させていただいている皆様にも感謝申し上げます。

これまでこれといった俳句信条もなく、どちらかというと周囲に流されてここまでやってきたような感じですが、皆様が導いてくださったこの場所は、私にとって大変居心地がよく、日々幸せを感じています。

ここをひと区切りとして、引き続き皆様のお導きをいただきながらも、今後は自身でもしっかりとパドルを操って俳句精進していきたいと思います。

令和五年五月

吉田哲二

著者略歴

吉田哲二（よしだ・てつじ）

昭和55年　新潟県生まれ
平成26年　「阿吽」入会
平成29年　第29回阿吽新人賞
令和２年　第32回阿吽賞
令和３年　第９回星野立子新人賞

「阿吽」同人、俳人協会会員
俳人協会の若手句会および若手部にも参加

現住所
〒178-0061　東京都練馬区大泉学園町1-17-5